님께

좋은 아침입니다.

오늘 하루도
기분 좋은 일들이 가득하기를,
웃음꽃 만발한 꽃길만을 걸으시길,
365일 즐거운 시간으로 충만하시길 바랍니다.

생각만으로도 든든하고 참 좋은 당신!
당신이어서 고맙습니다.

365일
당신의 건강과 행복을 기원합니다.

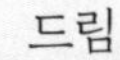
드림

아침공감

나무한그루

행복이 첫눈으로 내리는 나라

어린 시절 눈은 선물 같았다. 밤사이 마법처럼 하얗게 덮인 온 천지가 아이들의 놀이터가 되었고, 소복이 쌓인 눈은 최고의 놀잇감이 되어 주었다. 손발이 꽁꽁 얼어붙도록 뛰어다녀도 추운지도 몰랐고 지치지도 않았다. 단지 눈이 내렸을 뿐인데 온종일 잔칫날 같았다. 솥뚜껑 방패를 들고 패를 갈라 눈싸움을 했고, 그러다 지치면 비료 포대를 들고 비탈진 길에서 눈썰매를 탔다. 그리고 집집마다 사립문 앞에 눈사람을 만들어 세우곤 했다. 그 시절 겨울에는 분명 함박눈처럼 포근한 낭만과 행복이 있었다. 그런데 언제부턴가 눈이 내리면 걱정부터 앞선다. 골목에 쌓인 눈을 치우는 것을 걱정해야 하고 출근길 교통대란을 떠올리며 눈살을 찌푸리게 된다. 나이가 들어간다는 증거일까? 아니면 도시 생

활에 젖어 낭만을 잃어가는 것일까?

네팔과 함께 히말라야 기슭에 자리한, 은둔의 나라 부탄에서는 '첫눈 오는 날'이 공휴일이라고 한다. 정부와 온 국민이 눈을 행운과 행복의 상징으로 여기는 것이다. 부탄은 인구가 78만 명도 정도이고 1인당 GDP가 3천 달러 수준으로 세계 100위 권 밖에 자리하고 있지만, 행복지수는 세계 1위인 나라로 알려져 있다. 문명에 뒤처지고 경제발전도 더딘 작은 나라가 어떻게 행복지수 최고의 나라가 될 수 있었을까? 그 물음에 대한 답은 '첫눈 오는 날이 공휴일'이라는 한마디로도 충분한 것 같다. 부탄은 아열대 기후지만 국토 대부분이 해발 고도 2천 미터 이상의 산악지대여서 경작이 가능한 땅은 고작 2%뿐이라고 한다. 그래서 고산지대 건조한 땅에 내리는 눈은 농사에 필요한 귀한 물이 되고 먹고 마시는 생명수가 된다. 눈이 오면 농부들은 싱싱한 채소와 곡식을 거둘 수 있게 되었다며 좋아하고, 이런 농부의 기쁨과 행복을 함께 축원하자는 의미에서 정부가 첫눈 오는 날을 국경일로 정한 것이다.

또 첫눈이 내리는 날 아침, 현관문을 열었을 때 문 앞에 눈사람이 서 있으면 집주인은 자신의 집 앞에 눈사람을 만들어 세워둔 사람을 찾아서 한턱내는 낭만적인 풍습도 있다고 한다. 행운이 내리는 줄도 모르고 늦잠을 자는 동안 자신의 집 앞에 행운을 가져다 놓은 이웃에게 감사의 의미로 좋은 음식을 대접하는 것이다. 작은 나라 부탄이 행복지수 세계 1위인 큰 나라가 될 수 있었던 것은 이렇게 소소한 일상에서 반짝반짝 빛나는 행복을 발견해 낼 줄 아는 특유의 국민성 때문이었으리라.

최근 SNS를 통해서 눈사람을 만들고 인증 사진을 올리는 일이 유행이다. 오리, 토끼, 펭귄 등 모양도 다양하다. 눈덩이를 굴려서 투박하게 만든 것이 아니라 도구를 사용해서 찍어내는 방식이지만 그 마음만은 한 가지일 것이다. 축복처럼 내리는 눈에 환호하고 설레는 감성을 고이 간직하고 싶은 마음, 그 마음을 누군가와 함께 나누고픈 마음…. 그래서 눈사람을 집 앞이나 골목 담벼락에 세워두는 게 아닐까. 이번 겨울에도 한파와 폭설이 잦을 거라고 한다. 눈이 내리면 눈사람을 한번 만들어보자. 동심을 잃어버린 자신을 위해, 그리고 눈사람을 보고 미소 지을 그 누군가를 위해.

다이어리의 첫 장을 넘기며

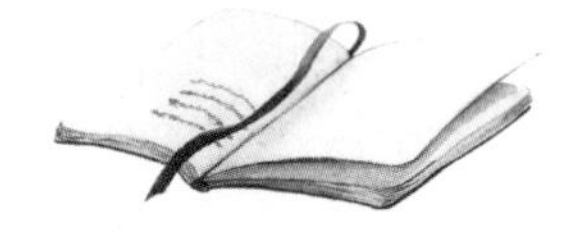

성탄절 연휴에 친구의 전화를 받았다. 연말연시 잘 보내라는 통상적인 안부 전화였다. 통화 끝 무렵에 친구가 말했다. "요즘은 기억이 가물가물해서 탈이다. 작년 이맘때 뭘 했는지 기억도 안 나네." 그 말에 재빠르게 책장에 꽂혀 있는 검정색 다이어리를 꺼내 펼쳐보았다. "작년 성탄절에 나랑 당구 한 게임 했었네. 네가 2:1로 이겼어. 너랑 헤어지고 나서 난 아들 둘 데리고 사우나에 갔었고…." 그러자 친구가 장난스럽게 웃으며 말했다. "야, 그런 것도 적냐? 무서운 놈." 나도 웃음이 났다. "그러게, 너랑 함께한 시간이 즐거웠었나 봐. 그런데 진짜 무서운 건 아직도 기억력에만 의지하려는 관성 아닐까?" "그런가?" 친구도 동의하는 눈치였다. 지천명知天命은 기억보다 기록에 의존해야 하는 나이다.

내친김에 다이어리를 한 장 한 장 뒤적여 보았다. 작년 새해 첫날에는 친구들과 뒷산에 올라 일출을 감상했고, 5월엔 부산으로 동생 병문안을 다녀왔다. 12월엔 유난히 날씨에 대한 기록이 많았다. 2~3일 기온이 영하로 떨어졌다가 날씨가 풀리면 곧바로 미세먼지가 기승을 부렸던 모양이다. 제아무리 기억력이 좋아도 기록을 따라잡을 순 없다. 짧고 파편적인 기록을 들여다보고 있으면 듬성듬성 흐릿한 기억의 모자이크들이 선명하게 완성되어 간다.

벌써 세밑이다. 특별한 기억도, 이렇다 할 성과도 없이 훌쩍 일 년이 지나가 버린 것 같다. 지난 한 해는 365일 내내 코로나에 갇힌 한 해였다. 다이어리에도 코로나와 마스크에 대한 기록이 압도적이다. 숨 가쁘게 살아온 한 해가 아니라 그야말로 숨 막히는 한 해였다.

해마다 이맘때면 의식처럼 치르는 일이 있다. 가까운 서점에 들르는 일이다. 연휴에 읽을 만한 책 몇 권을 사고, 문구 코너에서 다이어리 한 권을 꼭 구매한다. 연말연시에는 서점마다 다이어리 특설 매대가 설치되고 각양각색의 다이어리가 넘쳐난다. 매대에 펼쳐진 예쁘고 다양한 기능의 다이어리가 눈길을 끌지만 내가 찾는 것은 늘 서가 구석에 꽂혀 있는 검정색 바인더 노트다. 내지는 대학노트처럼 단순하게 줄만 그어져 있고, 노트 가운데에 바인더가 있어서 내지를 추가하거나 뺄 수 있게 되어 있다. 마흔하나가 되던 해부터 사용했으니 벌써 10년 넘게 이 노트를 사용하고 있다.

새 다이어리를 사면 맨 먼저 다이어리 내지 첫 장 베이지색 속 표지에 앞으로 펼쳐질 365일에 대한 기대와 희망을 적곤 한다. 이번에는 세 가지 화두를 적어 넣었다. '건강하게 살아가기'와 '좋은 습관 3개 만들기', 그리고 '가족여행 가기'이다. 새 다이어리를 사서 이렇게 첫 장을 채울 때마다 왠지 숙연해지는 느낌이다. 지난 365일을 잘 살아냈다는 안도와 무탈하게 지나온 시간에 대한 감사함, 그리고 새롭게 허락된 365일에 대한 기대와 설렘이 교차한다. 새해에는 또 어떤 일들과 감상으로 이 한 권의 다이어리를 채워나가게 될까? 변함없이 소소한 일상 속에 소박한 감사의 꽃들이 피어나기를 기대해 본다.

마음을 전하는 최고의 방법

명절이 다가오면 항상 마음이 번다해진다. 이번에는 어떤 분에게 선물을 보내고 어떤 선물을 보내야 할지 고민이 깊어진다. 선물은 단순한 인사가 아니라 소중한 분에게 감사의 마음을 전하는 일이기 때문이다. 마음을 전하는 일은 조심스러운 일이다. 상대방의 마음을 헤아려야 하는 일이기 때문이다. 일방적인 선물은 받는 이에게 자칫 부담감을 안겨줄 수 있고, 때로는 의도치 않은 결례를 범하는 일이 될 수도 있다. 모름지기 선물이란 주는 사람도 행복하고 받는 사람도 기분 좋은 것이어야 한다. 감사를 전하고 표현하는 데에는 순수한 마음 하나면 충분하다. 갓 한글을 깨우친 아이가 전해준 생일 축하 카드를 부모들이 오랫동안 소중하게 간직하는 것도 거기에 아이의 순수한 마음과 정성이 오롯이 담겨있기 때문이다.

오래전《좋은 놈, 나쁜 놈, 이상한 놈》이란 영화가 히트하면서 인간관계를 영화 제목처럼 3단계로 나누는 일이 유행하기도 했다. 인간관계를 나누는 일이 그다지 유의미하다고 생각하지 않지만, 명절이 다가오고 선물을 주고받을 때마다 한 번쯤 주변 사람들과의 관계를 돌아보게 된다. 필자는 지극히 개인적인 방식으로 인간관계를 4단계로 나누곤 한다. '아는 사람, 반가운 사람, 그리운 사람, 고마운 사람' 이렇게 말이다. 경계가 모호한 관계도 있지만 이렇게 관계를 분류하고 나면 선물에 대한 고민이 반쯤 사라진다. 아는 사람과 반가운 사람은 만남의 기회가 있을 때 인사를 나누기로 하고, 그리운 사람들에게는 명절을 기회 삼아 안부 전화를 돌린다. 그리고 고마운 사람에게는 각별한 마음을 담은 선물을 보내기로 한다. 그런 다음 어떤 선물을 보낼 것인가를 고민한다. 여기서부터는 섬세한 접근이 필요하다. 최고의 선물은 받는 사람의 마음에 기쁨과 감동을 안겨주는 것이라야 하기 때문이다. 그러기에 받는 사람의 마음을 먼저 헤아려야 한다. 누군가의 마음을 헤아리기 위해서는 그 사람에 대한 지속적인 관심과 애정이 선행되어야 한다. 사소한 습관이나 취미, 평소 즐기는 음식이나 기호 등을 관심 있게 지켜보고 기억했다가 맞춤형 선물을 보내야 한다. 가령 복숭아나 땅콩 알레르기가 있는 사람에게 생각 없이 복숭아나 땅콩을 보낸다면 그건 선물이 아니라 저주가 될 수 있다. 마음을 전하는 일은 상대방의 마음을 살펴서 거기에 맞추는 일로 세심한 배려와 고도의 기술을 필요로 한다.

오십을 넘긴 나이에도 명절이 다가오면 소풍날을 받아 놓은 아이처럼 여전히 마음이 설렌다. 부모님과 집안 어르신들의 모습이 눈앞에 아른거리고, 형제들과 한자리에 모여 앉아 맛있는 음식을 함께 먹으며 정담을 나눌 생각에 마음은 벌써 고향 땅에 닿아 있다. 그런 기대와 설렘이 명절이 주는 즐거움의 절반은 될 것이다. 그런 명절이 사라지고 있다. 코로나19를 예방하기 위한 사회적 거리두기로 고향길까지 막히면서 마치 실향민이라도 된 기분이다. 이럴 때, 아쉽고 서운한 마음을 선물로 대신해 보는 건 어떨까. 지갑이 얇으면 얇은 대로 고마운 분들께 정성을 다해 감사의 마음을 전해 보자. 거기에 짧지만 직접 쓴 손편지나 카드 한 장을 동봉한다면 분명 누군가에겐 최고의 선물이 되어 줄 것이다.

무엇이 가슴을 뛰게 하는가

신학기 때마다 뉴스의 단골 메뉴로 등장하는 것 중의 하나가 '초등학생들의 장래희망 순위'다. 어린이와 청소년은 어른들보다 세상의 변화와 흐름에 민감하다. 그러기에 그들의 관심사와 장래희망은 세상의 변화와 흐름을 파악하는 좋은 지표가 되기도 한다. 최근 교육부와 직업능력개발원이 2020년 초·중등 진로교육 현황 조사결과를 발표했다. 그 발표에서 초등학생들의 장래희망 1위는 운동선수, 2위는 의사, 3위는 교사가 차지했다. 재미있는 건 크리에이터가 4위에, 프로게이머가 5위에 오른 사실이다. 크리에이터는 2018년부터 10위권에 처음 진입했다가 4위까지 오른 신직종이다. 유투버, BJ, 스트리머 등이 크리에이터에 속한다. 늘 10위권 안에 들어있던 '과학자'는 2년 전 10위권 밖으로 밀려났다가 이번에는 제빵사보다 한 계단 낮은 13위를 차지했다. 그야말로 '격세지감'이다.

한때 '투잡', '쓰리잡'이란 말이 유행처럼 쓰였다. IMF 이후 평생직장의 개념이 사라지고 전 직종에 비정규직이 늘어나면서 생긴 사회적 불안감과 경제적 양극화가 만들어낸 신조어였고, 본업 하나만으로는 살아가기 힘든 세상, 그래서 퇴근 후나 주말과 휴일을 이용해서 또 다른 돈벌이를 하도록 등을 떠미는 고달픈 삶의 단면을 보여주는 말이었다.

최근에는 '부캐'라는 말이 유행이다. '부캐'는 원래 사이버 게임에서 쓰던 용어로, 현실에서의 본인 말고 가상의 세계에서 만들어진 새로운 캐릭터를 지칭한다. '투잡'이나 '쓰리잡'이 주로 돈벌이에 초점이 맞춰졌다면 '부캐'는 또 다른 자아실현의 창구로 인식되는 것 같다. 그동안 돈벌이에 매몰된 삶에서 벗어나 자신이 좋아하고 잘 할 수 있는 일에 투자하고 집중하는 것이 '부캐'가 되는 것이다. 재미있는 건 이렇게 취미로 시작한 '부캐'가 어느 순간 '본캐'가 되는 일들이 일어나고 있다는 사실이다.

얼마 전, 한 예능 프로그램에 손끝 촉각으로 세상 모든 사물의 중심을 찾아 세우는 변남석 씨가 출연했다. '밸런싱 아티스트'라는 생소한 직업을 가진 그도 '부캐'로 시작했던 일이 '본캐'가 되어 버린 경우다. 실내 스키장을 운영하던 평범한 가장이었던 그는, 어느 날 등산을 갔다가 계곡에 널린 돌멩이를 하나둘 세워보면서 사물의 무게중심을 잘 잡아내는 자신의 특별한 재능을 발견했다. 매력적인 인생 취미를 찾은 순간이었고, 그것이 시작이었다. 그는 시간이 날 때마다 동네 하천에 나가 다양한 형태의 돌 세우기를 시도했고, 나중에는 자전거, 오토바이, 냉장고 등 눈에 보이는 모든 사물의 세우기를 시도했다. 그가 세우기에 성공한 작품들을 직접 촬영해 블로그에 기록하면서 세상에도 조금씩 알려지게 되었고, 방송 출연과 서울시 홍보영상까지 찍게 되었다. 그리고 드라마 같은 일이 일어났다. 서울시 홍보영상을 우연히 보게 된 두바이 왕세자가 그를 초청해서 두바이 몰에서의 공연을 요청한 것이다. 공식적인 그의 첫 공연이었다. 그 공연을 계기로 그는 세계 최초의 '밸런싱 아티스트'로 불리게 되었고, 본격적으로 예술가의 삶을 살아가게 된다.

우리 인생에 '본캐'와 '부캐'가 따로 정해져 있는 건 아니다. 다만 살아가는 동안 만나고 행하는 많은 일 중에 때로는 우연히, 때로는 필연적으로 가슴 뛰는 일을 발견하게 되는 것일 뿐.

나의 '본캐', 나의 '부캐'는 무엇일까?

화초가 되는 말, 잡초가 되는 말

멀리 남쪽에서는 벌써 만개한 매화 소식이 날아오고, 강남 갔던 제비도 다시 돌아와 둥지를 틀기 시작했다. 선물처럼 다시 주어진 이 봄에 우리는 또 무엇을 심고 가꿔야 할까. 인생살이가 농사와 같다면 지금은 마음의 경작을 준비해야 할 때이다. 어떻게 마음의 토양을 비옥하게 만들고 그곳에 어떤 씨앗을 뿌릴 것인지를 고민하고 준비해야 하는 시기인 것이다.

마음의 토양을 비옥하게 하려면 좋은 생각을 하고, 좋은 기분을 유지해야 한다. 그런 다음, 그 마음에 긍정의 말, 감사의 말을 파종하여야 한다. 그리고 가을이 다가올 때까지 불쑥불쑥 솟아나 잡초처럼 번식하는 나쁜 말, 부정의 말을 경계해야 한다. '한번 번진 잡초는 7년 간다.'고 했다. 조금

만 방심해도 마음 밭에 이름 모를 잡초가 뿌리를 내린다.

말에는 특별한 기운이 있다. 긍정의 말, 감사의 말은 더 긍정적이며 더욱 감사한 일들을 연이어 불러온다. 마찬가지로 부정의 말, 저주의 말은 우리를 더 나쁜 상황으로 몰고 간다. 오죽하면 '말이 씨가 된다.'는 속담까지 생겼겠는가. 우리 선조들은 말이 가진 특별한 위력을 이미 알고, 매사에 말 한마디도 허투루 해서는 안 된다고 가르친다. 말 한마디가 하루의 기분을 좌우하기도 하고 한 사람의 인생을 바꾸기도 한다.

습관적으로 말을 더듬는 아들이 있었다. 그의 어머니는 아들이 사람들 앞에서 위축될 때마다 이렇게 말했다. "아들아, 네가 말을 더듬는 것은 네 생각의 속도가 입의 속도보다 빠르기 때문이란다. 넌 정말 특별한 사람이야." 그 말에 자신감을 얻은 아들은 훗날 세계적인 기업 제너럴일렉트릭의 회장이 된다. 그가 바로 잭 웰치다.

한 아버지는 틈날 때마다 아들에게 이렇게 말했다. "너는 이 나라에서 최고다. 너를 보고 있으면 항상 천재라는 생각이 든다." 아버지의 칭찬을 먹고 자란 아들은 일본 최고의 부자가 된다. 소프트뱅크의 CEO 손정의가 그 주인공이다.

부정의 말, 저주의 말은 죽음을 불러오기도 한다. 남태평양의 파푸아뉴기니 동쪽에 자리한 솔로몬제도는, 2만 8896㎢의 땅에 65만 명 정도가 사는 작은 나라이다. 8개의 화산섬과 군도로 구성된 이 나라는 국토의 90% 이상이 산림으로 덮여 있어서 비탈진 산을 개간해서 농사를 짓는다. 그런데 이곳 원주민들은 숲을 개간해서 농지로 만들 때 톱이나 도끼를 사용하지 않고 그들만의 특별한 방법을 사용한다고 한다. 원주민들이 베어낼 나무 주위에 빙 둘러서서 온갖 욕설과 저주의 말을 퍼붓는 것이다. 놀랍게도 욕설과 저주를 받은 나무는 며칠 안에 시들고 말라비틀어져서 죽고 만다. 말귀를 알아들을 수 없는 나무지만 저주의 기운을 버텨내지 못하고 쓰러지고 만 것이다.

또 하나의 봄이 다가오고 있다. 올봄에는 따뜻하고 좋은 말의 씨앗을 심고 마음 밭을 가꿔 보자. 콩 심은 곳에서 팥이 열릴 리 없다. 콩 심은 곳에서 팥이 열린다면 그건 팥이 아니라 잡초다. 잡초는 게으름의 증거다. 게으름 피우지 말고 욕심부리지 말고, 뚜벅뚜벅 황소걸음으로 걸어가 보자.

축복의 하루를 보내고 싶다면

휴일 아침, 잠에서 깨어나 커튼을 젖힌다. 아직은 미명의 시간, 밤새 골목을 덮고 있던 어둠이 한 겹 두 겹 장막을 걷어내고 있다. 이런 날은 침대에서 좀 더 게으름을 피워도 좋으련만, 여느 때처럼 태양의 시간에 맞춰 저절로 눈이 떠진다. 가볍게 스트레칭을 하고 집에서 3분 거리인 숲으로 향한다. 새벽바람이 아직은 차갑게 느껴진다. 산책로에 발을 들여놓자마자 싱그러운 숲의 공기가 폐부 깊숙이 파고든다. 숲은 언제나 편안하고 상쾌하고 향기롭다. 햇살을 받아 반짝이는 연두는 눈을 맑게 해주고, 바람에 흔들리는 나뭇잎의 여린 파동과 이름 모를 새 소리는 귀를 순하게 만들어준다. 눈이 맑아지고 귀가 순해지면 마음의 파동도 잔잔해진다. 숲이 깊어질수록 세상의 소음도 희미해진다. 그렇게

30분쯤 걷다 보면 새소리, 바람 소리 등 자연에서 울려 퍼지는 백색소음만 남게 되고, 마침내 머릿속을 어지럽히던 갖가지 상념과 잔상들도 씻은 듯 사라진다.

산책과 걷기는 머리를 짓누르는 무거운 것들을 훌훌 털어내고 깃털처럼 가볍게 만들어 준다. 그것이 아침 산책이라면 더할 나위 없이 좋고, 숲속의 아침 산책이라면 그야말로 금상첨화일 것이다. 생각이 많아지면 몸도 무거워진다. 몸이 무거워 제자리에 주저앉아 있으면 금세 우울감이 차오르고 다시 머리까지 무거워지는 악순환이 되풀이된다. 그럴 땐 생각을 멈추고 몸을 움직여서 머릿속을 한 번 비워내야 한다. 장을 비우려면 장운동이 필요하듯 머리를 비우기 위해서는 뇌 운동이 필요하다. 뇌를 운동시키는 가장 쉬운 방법은 손과 발을 움직이는 것이다. 걷기는 우리 몸속의 200여 개의 뼈와 또 600개 이상의 근육을 일제히 움직이게 하는 전신운동이다. 뼈와 근육이 움직이면 몸속 장기들도 활동성을 얻게 되고, 뇌도 활발하게 움직이기 시작한다. 뇌가 활동을 시작하고 새로운 자극을 받아들이면 고여 있던 생각과 고민이 옅어지고 서서히 사라지게 된다. 생각도 물건처럼 비워야 다시 채울 수 있다.

인간과 다른 동물의 가장 큰 차이점 중의 하나가 직립보행이다. 똑바로 서서 두 발로 걷는 행위가 인간을 사유의 존재로 만들었다. 스스로를 '걷는 자'라 칭했던 철학자 장 자크 루소는 '나는 걸을 때 명상을 할 수 있다. 걸음이 멈추면 생각도 멈춘다. 나의 정신은 오직 나의 다리와 함께 움직인다.'라고 했다. 아리스토텔레스는 제자들과 학교 주변의 나무 사이를 산책하며 가르치는 걸 좋아했고, 그 때문에 소요학파逍遙學派라고 불리게 된다. 칸트는 매일 같은 시간에 산책을 즐겼다. 덕분에 마을 사람들은 시계를 보지 않고도 시간을 알 수 있었다고 한다. 헨리 데이비드 소로는 '하루를 축복 속에 보내고 싶다면 아침에 일어나 걸어라.'라고 말했다.

영국 속담에 '우유를 마시는 사람보다 우유를 배달하는 사람이 더 건강하다.'라는 말이 있다. 세상의 그 어떤 좋은 약, 좋은 음식보다도 몸을 움직이는 것이 최고의 건강법이라는 얘기다. 건강을 소망한다면 걷기부터 시작해 보자. 걷기에는 아무것도 필요 없다. 자리를 박차고 일어나기만 하면 된다. 게으름이 발목을 잡을 땐 영국의 역사가 트레벨리안의 말을 되새겨 보자. '나에겐 두 명의 주치의가 있다. 왼쪽 다리와 오른쪽 다리다.'

자연이 들려주는 말

나무가 하는 말을 들었습니다.
"우뚝 서서 세상에 몸을 내맡겨라.
관용하고 굽힐 줄 알아라."

하늘이 하는 말을 들었습니다.
"마음을 열어라. 경계와 담장을 허물어라.
그리고 날아올라라."

태양이 하는 말을 들었습니다.
"다른 이들을 돌보아라.
너의 따듯함을 다른 사람이 느끼도록 하라."

냇물이 하는 말을 들었습니다.

"느긋하게 흐름을 따르라.

쉬지 말고 움직여라, 머뭇거리거나 두려워 말라."

작은 풀들이 하는 말을 들었습니다.

"겸손하여라. 단순하여라.

작은 것들의 아름다움에 귀 기울여라."

-척 로퍼

마음에도 운동이 필요하다

추적추적 봄비가 내리는 주말 아침, 이른 아침을 먹고 동사무소로 향했다. 보궐선거의 사전투표를 하기 위해서다. 3주 연속 주말마다 내리는 비로 어느새 목련이 지고 벚꽃이 떨어지고, 꽃이 진 자리엔 하루가 다르게 연둣빛 새싹이 돋아나고 있다. 어디선가 날아온 라일락 향이 코끝을 스치고, 조팝나무는 빗방울이 떨어질 때마다 새하얀 꽃망울을 톡톡 터트린다.

발열 체크를 하고 손 소독제를 바른 후 일회용 비닐장갑까지 끼고 2층 투표소로 향했다. 앞사람을 따라서 계단을 올라가는데, 투표를 마친 할머니 한 분이 안내원의 부축을 받으며 내려오고 있었다. "할머니, 비가 좀 그치면 나오시지 그러셨어요?" 안내원의 말에 할머니는 웃으며 대답했다. "마음

운동하러 왔지. 비 온다고 운동을 거르면 안 돼." "마음 운동이요?" "그럼! 누구를 찍을까 고민하고 생각하는 것도 큰 운동이야." 계단을 오르던 사람들의 시선이 일제히 할머니께로 쏠렸다. 할머니는 아랑곳하지 않고 말을 계속했다. "부모 자식 간에도 투표를 해야 해. 요즘이 어떤 세상인데 공짜 부모, 공짜 자식은 안될 말이지. 부부도 마찬가지여."

'고인 물은 썩는다.'고 했다. 썩은 물에서는 고기가 살 수 없다. 썩지 않으려면 오래된 물을 빼내고 새 물을 채워 넣거나 폭우로 물이 범람하기를 기다려야 한다. 우리의 삶도 다르지 않다. 매일매일 반복되는 일상은 우리에게 평온함을 안겨주지만 자칫하면 우리 삶도 고인 물이 되기 쉽다. 스스로 경계하고 긴장하지 않으면 나도 모르는 사이에 녹이 슬고 곰팡이가 피어나기 시작한다.

'패령자계佩鈴自戒'라는 말이 있다. '방울을 차고 스스로 경계한다.'는 뜻으로, 조선 시대 선조와 광해군 시절에 이조와 형조의 판서까지 지낸 이상의李尙毅에게서 유래된 말이다. 그는 어린 시절부터 뛰어난 재능을 인정받았지만 엉뚱한 행동으로 늘 부모에게 근심을 안겨주는 존재이기도 했다. 자신의 단점을 잘 알고 있었던 이상의는 어느 날부터 자신의 허리춤에 방울을 달고 다녔다. 경솔하고 경박한 자신의 행동을 경계하기 위한 고육지책이었다. 이후 이상의에게 방울은 평생을 함께한 동지이자 자신을 채찍질하게 만드는 경쟁자가 되어 주었다.

큰 강을 사이에 두고 너른 목초지가 펼쳐져 있고, 그 양쪽 언덕에 영양 무리가 살고 있었다. 이곳에서 영양 무리를 관찰하던 한 동물학자가 특이한 현상을 발견했다. 동쪽 언덕에 사는 영양 무리가 서쪽 언덕에 사는 영양 무리보다 번식력도 강하고 건강상태도 더 좋았다. 왜 이런 차이가 생겼을까? 오랜 관찰 끝에 동물학자는 그 비밀을 알아냈다. 서쪽 언덕에는 없는 동물이 동쪽 언덕에만 서식하고 있었다. 영양의 천적인 늑대였다. 그래서 동쪽 언덕의 영양들은 매일 늑대의 습격에 대비하며 긴장 속에 살아야 했다. 풀을 뜯는 동안에도 주위를 경계해야 했고 습격을 당했을 때는 늑대보다 빨리 뛰어야만 목숨을 부지할 수 있었다. 그런 절박한 환경이 오히려 동쪽 언덕의 영양들에게 빠른 움직임과 왕성한 번식력을 갖게 해 준 것이다.

적당한 긴장과 고민은 우리의 마음을 건강하게 만들어 준다.

가끔은 멍 때리는 시간을

아침 7시에 출근해서 오후 5시에 퇴근하기 시작한 지 벌써 100일이 지났다. 특별한 결심을 한 것도 아닌데, 한 달이 지나고 두 달을 넘어 석 달 열흘까지 이어지면서 이제는 습관이 되어가고 있다. 아침을 일찍 시작한 만큼 하루가 더 길어져서 좋다. 특히 길어진 시간이 고요하고 청명한 아침 시간이어서 더욱 좋다.

사무실에 들어서자마자 창문을 활짝 연다. 조금 차갑고 신선한 바람이 불어와서 밤새 갇혀 있던 눅눅한 공기를 몰아낸다. 상쾌하다. 창문 가득 펼쳐지는 한강의 풍경과 한눈에 들어오는 여의도의 전경은 덤이다. 전기 포트에 물을 올리고 끓기를 기다리는 동안 라디오 주파수를 맞고 원두커피를 내린다. 뜨거운 물이 잠들어 있던 원두의 향을 흔들어

깨운다. 이 고소하고 향기로운 아침이 일과를 시작하기 전 누리는 최고의 호사다. 따뜻한 커피 한 잔을 다 비울 때까지 우두커니 서서 멍하니 창밖을 바라본다. 짧게는 10분에서 길게는 30분 정도 소요되는 이 시간 동안 잠시 생각의 회로를 중단시키고 그냥 멍하니 창밖 풍경을 바라보며 스스로 또 하나의 풍경이 된다. 아침 햇살을 받아 빛나는 한강의 윤슬처럼 머릿속 생각이 파편화되는 시간을 즐기는 것이다.

번아웃 증후군Burnout syndrome을 호소하는 사람들이 늘어나고 있다. 의욕적으로 일에 몰두하던 사람이 극도의 신체적·정신적 피로감을 호소하며 무기력해지는 번아웃 증후군은 현대인의 80% 정도가 한 번쯤 경험하는 질환이라고 한다. 또 하나의 팬데믹인 셈이다. 사회적 문제로 대두되는 심각성에 비해 번아웃 증후군의 해결책은 의외로 간단하다. 노동 강도를 줄이고 충분한 휴식을 취하면 금세 치료될 수 있는 질환이다. 하지만 21세기를 살아가는 현대인들에게는 그리 녹록한 일이 아니다. 아침에 눈을 뜬 순간부터 저녁에 잠들기 전까지 컴퓨터와 TV, 스마트폰에 둘러싸여 우리의 눈과 뇌가 쉴 틈이 없기 때문이다. 지금은 우리에게 휴식이 필요한 때이다. 이럴 때 하루에 한 번 '멍' 때리는 시간을 가져보는 건 어떨까. '멍을 때린다'는 건 잠시 생각의 회로의 멈추고 뇌를 비우는 시간을 갖는 것이다.

'멍 때리기 대회'라는 이색적인 행사가 있다. 2014년 서울 광장에서 처음 열린 이 행사는 바쁜 일상에 지친 현대인의 뇌를 쉬게 하자는 의도에서 우리나라 사람이 기획하고 개최한 행사인데, 지금은 중국, 대만, 미국에서도 개최되고 있다고 한다. 또 하나의 한류상품인 셈이다. '멍 때리기'에 대한 시각은 대체로 부정적이지만, 역사적으로 보면 멍 때리는 행동에서 세상을 바꾼 창의적인 아이디어들이 나온 때가 많다. 아르키메데스는 목욕탕에서 부력의 원리를 발견했고, 뉴턴은 사과나무 아래서 멍 때리다가 만유인력의 법칙을 발견했다. GE의 잭 웰치 회장도 현역 시절 매일 1시간씩 창밖을 멍하니 바라보는 시간을 가졌다고 한다.

'멍 때리기'는 결코 시간을 허비하는 것이 아니다. 일상에 지친 영혼에 휴식을 선물하는, 가성비 높은 투자를 하는 것이다. 하루에 한 번 '멍 때리기'로 영혼 여행을 떠나보자.

1979, 그해 여름

'쏴아악, 쏴아악' 문풍지 너머로 들려오는 소리에 잠에서 깬다. 아직은 미명의 시간, 아버지는 오늘도 마당 구석구석 남아 있는 어둠을 걷어내고 있다. 정지에서는 도마질 소리와 타닥타닥 아궁이에 나무 타들어 가는 소리가 들린다. 이부자리를 정리하고 서둘러 밖을 나선다. "체조 댕겨올께라우." "끝나믄 해찰 부리지 말고 언능 오니라잉."골판지를 잘라 만든 출석카드를 손에 들고 사립문을 나서는데 어머니의 목소리가 등에 꽂힌다. 마을 회관에는 6학년 회장과 몇 명의 아이들이 나와 있다. 방학 동안 동네 아이들은 매일 아침 6시에 회관 앞에 모여서 단체로 국민체조를 하고 확인 도장을 받아야 했다. 그것도 방학 숙제였다. 체조가 끝나고 회장이 한마디 했다. "모레 일요일에는 또랑 청소하고 풀도

베야 항께 5, 6학년은 낫 들고 오고, 4학년은 소쿠리, 나머지는 빗자루 들고와라잉." 매주 일요일은 마을 청소를 하는 날이다.

어머니는 아침 식사로 양푼에 김이 피어오르는 가마솥 밥을 퍼담고 잘게 썬 열무김치와 고추장을 비벼서 내놓았다. "아침 참새가 젤 극성이다마다. 언능 묵고 가서 새 쫓아라이." 땡볕 아래서 참새를 쫓아야 하는 일이 달갑지 않지만, 숟가락으로 한 입 떠넣은 따끈한 비빔밥이 너무 달고 맛있다. 찌그러진 깡통과 막대기, 비료 포대와 우산을 챙겨 들고 집을 나선다. 탐구생활도 챙겼다. 틈틈이 방학 숙제도 해야 한다. 동구 밖 논에 도착해서 막대기로 깡통을 두드리며 논두렁을 한 바퀴 돈다. "훠이~ 훠이!" 부지런한 참새 몇 마리를 쫓아 보내고 논두렁에 박힌 말뚝에 우산을 펴서 묶은 뒤 그 아래에 비료 포대를 깔고 앉는다. 좁고 비탈져서 옹색한 자리지만 그곳에 허락된 유일한 그늘이다. 탐구생활 문제를 풀다가도 짹짹거리는 소리가 들리면 그때마다 깡통을 두드리며 논두렁을 또 한 바퀴 돈다. 그늘이 짧아질수록 가만히 있어도 이마와 등에 땀이 흐르기 시작한다. 우산 그늘이 손바닥만큼 작아지면 그제야 자리를 정리하고 집으로 향한다. 이글거리는 태양이 어느새 정수리 위에 와 있다.

아버지가 바지게를 가득 채운 소 꼴을 메고 사립문을 들어선다. 비 맞은 것처럼 흠뻑 젖은 모습이다. 외양간에 꼴을 부려놓고 나서 웃통을 벗어젖히며 말한다. "아야, 등목이나 하끄나." 말 떨어지기가 무섭게 샘가로 달려가 마중물을 붇고 펌프질을 한다. 이내 지하수가 콸콸 쏟아져 나온다. 양동이에 물이 채워지는 동안 아버지는 허리춤에 수건을 두르고 엎드린다. 바가지에 물을 떠서 조금씩 붇자 연신 감탄사가 튀어나온다. "와따, 시원하다잉." 그 사이 어머니는 서늘한 뒤뜰에 담가둔 수박을 잘라 내온다. 시원하고 달콤한 육즙이 잠시나마 찜통더위를 가시게 한다. 점심은 살강에서 꺼낸 식은 밥과 된장에 찍어 먹는 풋고추, 그리고 김치 몇 가지가 전부다. "뭔 날이 이라까잉? 송신나게 덥네." 찬밥을 먹으면서도 어머니는 연신 부채질을 해댄다. "한낮에는 새들도 쉰께, 이따가 해거름 전에 논에 한 번 더 댕겨와라잉." 그 사이 친구들과 보또랑에서 물놀이나 해야겠다. 점심상을 물리면서 어머니는 벌써 저녁을 걱정하신다. "저녁에는 팥죽 쑤고 옥쪼시나 삶어야 쓰것네." 저녁상에 팥칼국수가 올라올 모양이다. 후식은 옥수수다. 물놀이가 끝나면 솔가지 몇 개를 꺾어와야겠다. 평상에서 은하수를 바라보며 옥수수를 먹으려면 모깃불을 피워야 한다. 팥칼국수 한 그릇을 장독대에 올려놓는 것도 잊지 말아야지. 밤새 굳어진 팥칼국수는 또 다른 여름 별미다.

초등학교 4학년 때의 여름 풍경이다. 연일 계속되는 불볕더위가 그날의 기억을 소환한 모양이다. 매미도 지칠 만큼 불볕더위가 맹위를 떨치고 있다. 뜨거우니까 여름이다. 이 여름을 이겨낸 들판은 예의 우리에게 더없이 풍요로운 가을을 선물할 것이다. 그러기에 이 여름 또한 감사하다.

화장실은 신성하다

2박 3일 일정으로 예정에 없던 제주도를 다녀왔다. 제주도에서 근무하는 큰아들이 회사에서 제공하는 숙소를 나와서 오피스텔로 이사했기 때문이었다. 가족 여행을 다녀온 지 얼마 되지 않은 터라 썩 내키진 않았지만, 아들이 어떤 곳에서 생활하는지 궁금하다는 아내의 성화에 못 이겨 결국 제주행 비행기에 몸을 실었다.

아들이 이사한 오피스텔은 성산포 인근의 5층짜리 건물이었다. 건물 주변은 초록의 귤밭이 펼쳐져 있고, 그 안에 듬성듬성 농가가 박혀 있는 한적한 풍경이었다. 복층 구조의 열 평 남짓한 방에서는 베란다 창문을 통해 성산 일출봉과 바다의 전경까지 감상할 수 있었다. 복층은 침실과 서재 공간으로 사용하고 있었고, TV와 2인용 소파가 놓인 아래층 거실에 작은 주방이 달려있었다. 화장실은 샤워부스가 분리되어 있고 세면대와 변기는 건식 구조로 설치돼 있었다. 비교적 공간배치도 좋고 관리상태도 깔끔한 편이었는데, 딱 한 가지 마음에 걸리는 게 있었다. 습한 날씨 때문인지 변기 안쪽에 거무튀튀한 곰팡이가 피어 있는 게 보였다. 잠자리에 들어서도 그 잔상이 아른거렸다. 한참을 뒤척이다가 아들이 잠든 것을 확인하고 살며시 도둑고양이처럼 움직였다. 비닐장갑을 손에 끼고 낡은 수세미에 세제를 묻힌 후 변기를 닦기 시작했다. 손길 닿는 곳마다 서서히 오염이 사라지고 마침내 변기의 뽀얀 속살이 드러났다. 찜찜했던 마음도 환하게 밝아지는 기분이었다. 손을 묻힌 김에 화장실 바닥까지 닦고 나서야 청소를 마무리했다. 덕분에 숙면에 빠질 수 있었고, 다음 날 아침 화장실로 들어가는 아들의 등에서 방긋 번지는 미소를 발견할 수 있었다.

생각이 번다할 때 산책을 나서거나 무작정 청소를 하곤 한다. 여기저기 쓸고 닦고 청소에 몰입하다 보면 어느새 머리가 가벼워지고, 깨끗해진 공간만큼 마음도 밝아지는 것을 느낄 수 있다. 특히 화장실 청소는 특별한 감정을 안겨준다. 변기를 닦고 있으면 왠지 모르게 마음이 숙연해지고 감사의 기운이 서서히 차오르는 것을 느끼게 된다. 『청소력』

의 저자 마쓰다 미쓰히로는 화장실을 '기도실'이라고 부른다. 엄숙하고 경건한 공간으로 여긴 것이다. 하긴, 우리가 매일 하루를 시작하고 마감하는 곳이 바로 화장실인데, 어찌 경건해지지 않을 수 있겠는가! 불가에서는 화장실을 해우소解憂所라고 부른다. '근심을 푸는 곳'. 근심을 풀기 위해서는 근심의 실체를 정면으로 바라보아야 한다. 겸허히 자신을 들여다보는 시간이 필요한 것이다. 그것만으로도 화장실은 충분히 신성한 곳이다. 신성한 공간은 그 격에 맞게 늘 정갈하게 관리되어야 한다.

깨끗한 화장실이 사업의 성패를 좌우한다고 믿는 CEO들도 많다. 부채에 시달리던 버거킹을 4년 만에 자산가치 41조 원의 기업으로 성장시킨 32살의 젊은 CEO 다니엘 슈워츠는 아무리 바빠도 일주일에 두 번 이상은 직접 화장실 청소를 했다. 중고선 한 척이 전부였던 회사를 세계 최대의 해운사로 키워낸 에버그린의 CEO 창융파는 어딜 가나 화장실을 먼저 살펴보는 습관이 있었다. '화장실이 얼마나 깨끗하고 잘 정돈되어 있느냐로 그 회사의 미래를 예측할 수 있다.'는 것이 그의 지론이다. 화장실은 신성하다. 신성한 곳에는 늘 감사의 기운이 넘쳐난다. 어쩌면 이 감사의 기운이 신성함의 실체가 아닐까!

시에스타, 리포소, 우지아오

일교차가 큰 날씨가 이어지고 있다. 아침저녁으로는 서늘하지만, 한낮의 열기는 아직도 30도 안팎을 오르내린다. 이렇게 일교차가 큰 환절기엔 몸도 마음도 비 맞은 빨래처럼 축축 늘어진다. 게다가 명절 연휴 후유증까지 겹치면서 충분히 잠을 잔 것 같은데도 온몸이 찌뿌드드하고 수시로 하품이 터져 나온다. 몸이 변덕스러운 날씨에 적응하지 못하고 있다는 증거다. 집중력도 떨어지고 일의 능률도 오르지 않는다. 이럴 땐 가벼운 운동이나 스트레칭으로 몸을 유연하게 만들어 주는 것이 좋고, 가능하다면 중간중간 토막잠을 자는 것이 최선이다. 일과 중에 토막잠이라니, 그 무슨 배부른 소리냐고 따질 사람도 있겠지만 출퇴근 시간이나 점심시간을 이용해서 요령껏 눈을 붙이고 나면 금세 확 달라지는 몸의 상태를 느낄 수 있다.

독일의 자를란트 대학Saarland University에서 '낮잠이 기억력을 상승시킨다'는 연구 결과를 내놓은 바 있다. 시험 중간 휴식시간에 토막잠을 잔 학생과 자지 않은 학생으로 나눠 시험 점수를 비교한 결과, 잠깐이라도 잠을 잔 학생들이 그렇지 않은 학생들보다 더 높은 점수를 받았고, 어려운 문제를 해결하는 확률도 두 배나 높았다고 한다.

미항공우주국NASA에서는 비행사들을 우주로 보내기 전에 반드시 낮잠을 재운다. 30분 정도 낮잠을 자고 나면 업무 효율성이 34%나 증가하고 민첩함이 54%까지 증가하는 실험 결과를 활용한 것이다. 낮잠이나 토막잠은 예술적 영감과 과학적 상상력을 자극하기도 한다. 천재 화가이자 과학자였던 레오나르도 다빈치는 매일 4시간마다 15분씩 토막잠을 즐긴 것으로 유명하다. 전설적인 록 밴드 '비틀즈'의 멤버 폴 매카트니는 꿈에서 들은 멜로디로 명곡 〈Yesterday〉를 작곡했다고 한다.

지중해 연안 국가와 라틴아메리카에는 정부 차원에서 낮잠을 장려하는 풍습이 있다. 스페인에서는 이를 '시에스타'라고 부르고, 이탈리아에서는 '리포소'라고 부른다. 중국에도 오래된 낮잠 문화가 있다. '정오에 자는 잠'을 뜻하는 '우지아오'가 그것이다. 정부가 나서서 유치원과 초등학교, 중학교까지 공식적으로 낮잠시간을 도입했다.

최근에는 기업에서도 '낮잠'을 권장하고 있다. 글로벌 온라인 뉴스 미디어 '허핑턴 포스트'의 뉴욕 사무실에는 낮잠 자는 방이 두 개나 마련되어 있다고 한다. 차량 공유 기업 우버와, 벤앤제리Ben&Jerry 아이스크림, 구글 등도 직원들에게 낮잠을 권장하고 있다.

계절이 바뀔 때마다 병원이나 한의원, 약국의 문턱이 닳고 닳는다. 환절기에 삐걱거리는 몸을 달래고, 쇠약해진 기력을 보충하기 위해서 보약이나 영양제를 찾는 발걸음이 잦아지는 시기이기 때문이다. 하지만 우리는 안다. 잘 먹고 잘 자는 것이 최고의 보약이라는 것을. 그것을 알면서도 점심을 먹고 나면 습관적으로 커피숍에 들러서 카페인을 충전하곤 한다. 카페인은 순간적인 각성효과를 주지만 근본적인 해결책은 되지 못한다. 지금 우리에게 필요한 건 충전의 시간이다. 토막잠이 여의치 않다면 의자에 앉아서 잠시 눈을 감는 것만으로도 충전이 된다. 시에스타, 리포소, 우지아오는 보약의 또 다른 이름이다.

저절로 붉어지는 것은 없다

출근길, 골목에서 불어오는 바람 한 자락이 목덜미를 훑고 지나간다. 서늘한 기운이 손끝까지 전해진다. 저절로 옷깃을 여미게 되는 날씨, 벌써 가을이다. 긴 장마에 눅눅해진 대지가 채 마르기도 전에 성큼 가을이 다가왔다. 한여름 땡볕 아래서 제대로 울어보지도 못한 매미들은 다 어디로 갔을까? 도토리애벌레는 무사히 산란을 마치고 도토리나무 줄기를 잘 끊어냈을까? 장마를 감지하고 피난을 떠났던 개미들은 다시 돌아와 안전하게 터를 잡았을까? 생각이 많아진다. 파란 하늘에 풀어놓은 양떼구름처럼 생각이 꼬리에 꼬리를 문다. 골목 중간에 설치된 작은 화단에는 붉은 꽃무릇이 한창이고, 담장 위엔 가을 햇살을 마중 나온 감과 대추가 단단하게 여물어 가고 있다. 햇살이 골목에 머무는 동안

감과 대추는 더 둥글어지고 더 붉어질 것이다.

어느 마을에 작고 예쁜 가게 하나가 문을 열었다. '무엇이든 파는 가게'라는 이색적인 간판을 단 가게였다. 어느 날, 이 마을을 지나가던 한 청년이 호기심에 가게 문을 열고 들어가서 주인에게 물었다. "정말로 이 가게에선 무엇이든 다 파나요?" 그러자 주인이 상냥하게 웃으며 대답했다. "그럼요, 손님이 원하는 건 뭐든지 다 판답니다." "음, 그럼 사랑, 행복, 그리고 성공과 지혜를 주세요." 청년의 말에 주인은 조금 난처한 표정을 짓더니 이렇게 말했다. "손님, 저희 가게에서는 열매는 팔지 않습니다. 여기서는 오직 씨앗만 판답니다."

세상에 공짜로 주어지는 것은 없다. 달콤한 열매는 더더욱 그렇다. 이른 봄부터 밭을 갈고, 씨를 뿌리고, 김을 매고, 땡볕 아래서 구슬땀을 흘려가며 가꾸어야만 얻을 수 있는 것이 열매다. 어느 시인의 노래처럼, 어떤 열매든 저절로 붉어지는 것은 없다. 그 안에 몇 개의 태풍과 헤아릴 수 없이 많은 천둥과 번개가 들어 있고, 폭우나 가뭄이 길어질 때마다 가슴 졸이고 잠 못 이루며 뒤척이는 수많은 밤이 들어 있다. 그런 세월을 버텨내고 얻은 것이기에 열매는 그렇게 붉고 달콤한 것이다.

봄과 여름이 성장의 계절이라면 가을은 성숙의 계절이다. 따뜻한 봄날 싹을 틔우고 굳은 땅을 헤집고 나온 생명은 여름 동안 세상 끝에 다다를 것처럼 폭풍 성장을 거듭하다가 찬바람이 불어오면 성장을 멈추고 고개를 숙인 채 자신을 들여다보기 시작한다. 외형보다는 내실에 집중하는 시간이다. 겸손을 배우고 감사를 깨우치며 안으로 안으로만 깊고 붉게 익어가는 것이다. 가을이 아름다운 이유가 여기에 있다.

꽃 한 송이, 대추 한 알도 저절로 붉어지는 것은 없다.

그런 길은 없다

아무리 어두운 길이라도
나 이전에
누군가는 이 길을 지났으리라.

아무리 험한 길이라도
나 이전에
누군가는 이 길을 넘었으리라.

아무도 가 본 적이 없는
그런 길은 없다.

나의 어두운 시절이
비슷한 여행을 하는
모든 사랑하는 이에게
도움이 될 수 있기를.

-베드로시안

오래도록 청년으로 사는 법

'나이를 먹을수록 입은 닫고 주머니를 열라'는 말이 있다. 주머니를 여는 건 쉬울지 몰라도 입을 닫는 건 좀체 쉬운 일이 아니다. 나이를 먹어갈수록 몸의 속도가 느려지고, 느려진 몸의 속도만큼 그동안 보이지 않았던 것들과 무심히 지나쳤던 것들이 하나둘 눈에 들어온다. 그러다 보니 이것저것 참견을 하게 되고 한 마디 두 마디 훈수를 두게 된다.

어떤 이는 인체의 노화를 몸에서 수분이 빠져나가는 현상으로 규정하기도 한다. 우리의 몸은 보통 70%의 수분으로 이루어져 있는데, 여기서 수분이 빠져나간다는 건 몸의 환경이 서서히 척박해진다는 것을 의미한다. 척박한 땅에서 푸른 초목과 아름다운 꽃을 기대하기는 어렵다. 나이가 들어갈수록 아름다운 풍모와 향기로운 언행을 유지하기가 쉽지 않은 이유도 마찬가지다. '예전에는 그런 사람이 아니었는데….' 낙엽 구르는 것만 봐도 웃음꽃을 터트리던 소년 소녀는 온데간데없고 어느덧 초로의 '꼰대'만 보인다. 물론 나이를 먹었다고 다 '꼰대'가 되는 것은 아니다. 오히려 세월의 무게를 절감하며 불필요한 말을 줄이고 걸음걸이 하나도 조심하는 사람도 많다. 그들에게는 '꼰대'의 모습이 아닌 '연륜'이라는 아우라가 느껴진다.

2015년 UN이 발표한 평생 연령 기준에 따르면 18세부터 65세까지는 청년으로, 66세부터 79세까지는 중년으로 분류된다. 노년은 80세부터 시작된다. '꼰대'가 되기엔 우린 아직 너무 젊은 청춘이다. 사회적 환경이 조금씩 달라지고 육체적 환경이 서서히 변해간다고 자신을 '꼰대' 프레임에 가두지는 말자.

걸핏하면 화를 내고 말썽만 부리는 아이가 있었다. 불뚝한 성격에 거친 말투로 가는 곳마다 싸움을 벌였다. '어떻게 하면 아이의 심성을 바르고 순하게 만들 수 있을까'를 고민하던 아버지가 어느 날 못이 가득 담긴 통을 아들에게 건네며 말했다. "화를 낼 때마다 저 통나무에 못을 하나씩 박아라." 아이는 순순히 그러겠다고 약속했지만, 그날도 열 개가 넘는 못을 통나무에 박아야 했다. 한 달쯤 지났을 때 통나무에는 빈틈이 보이지 않을 정도로 빼곡하게 못이 박혔다. 아버지는 다시 아이를 불러 앉히고 새로운 제안을 했다. "오늘부터는 화를 참아낼 때마다 통나무에 박힌 못을 하나씩 빼내거라." 그 제안에 아이는 이상한 오기가 생겼다. '그까짓 것 마음만 먹으면 금방이지, 뭐'. 그날부터 아이는 화를 참아보려고 노력했고, 통나무에 박힌 못을 빼낼 때마다 묘한 쾌감을 느끼기 시작했다. 다시 한 달이 지났을 때 통나무에 박혀 있던 못들은 모두 사라지고 없었다. 아버지는 아이의 어깨를 토닥이며 칭찬했다. "장하다. 네가 해낼 줄 알았다. 그런데 자세히 봐라. 못은 사라졌지만 박힌 흔적은 그대로지? 통나무가 누군가의 마음이라면 화는 거기에 박히는 못과 같단다. 못을 빼내면 상처는 아물겠지만 한 번 생긴 자국은 절대 지워지지 않는단다."

말로 받은 상처는 깊고 예리하다. 뒤늦은 사과와 화해로 상처가 아물기도 하지만 흉터는 오래도록 가슴에 남는다. 입을 열기 전에 상대방의 마음을 먼저 헤아려 보고, 비판과 충고보다는 가능하면 칭찬과 감사의 말을 전해 보자. 그것이 나이와 상관없이 청년으로 사는 비결이다.

가을에 피는 꽃도 있다

신록의 향연이 절정으로 치닫고 있다. 화려한 봄꽃들이 스러진 자리에 초록의 물결이 차오르고, 사이사이 촘촘히 박힌 이름 모를 야생화들이 보석처럼 하나둘 꽃등을 켠다. 야생화는 목련이나 벚꽃처럼 화려하진 않지만, 초록과 한데 어우러져 봄의 풍경을 완성한다. 초록과 함께하는 이 시간이 야생화의 전성기이다. 세상 모든 것에는 제 나름의 전성기가 있다.

최근 75세의 나이로 인생 최고의 전성기를 맞은 한 여배우가 전 세계 언론의 스포트라이트를 받았다. 제93회 미국 아카데미 시상식에서 한국 영화사상 최초로 '여우조연상'을 수상한 윤여정 씨가 그 주인공이다. 올해로 데뷔 55년 차인 그녀는 영화 『미나리』에서 이민 1세대 할머니 역할로 열연을 펼쳐서 아카데미 상을 비롯해 각종 국제영화제에서 112관을 달성하는 위업을 세웠다. 그녀는 짐작이나 했을까? 인생 황혼기에 이르러서야 이렇게 인생의 정점을 찍게 될 줄을…. 영화사적 의미를 떠나서 그녀의 화려한 행보는 인생의 의미를 다시 한번 생각하게 만든다. 이렇게 늦은 나이에도 인생의 화려한 정점에 설 수 있음을 지켜보면서 여전히 세상은 살아볼 만하다는 생각을 하게 된다.

당나라 시선詩仙으로 불린 이백은 10살이 되면서부터 탁월한 글솜씨를 발휘했다. 아들의 재능을 알아본 아버지는 최고의 스승을 찾아 나섰고, 그 덕에 이백은 상의산에 기거하는 명망 있는 스승 밑에서 학문에 정진하게 된다. 하지만 천부적인 재능을 타고난 그도 아직은 어린아이에 불과했다. 산속에서의 생활이 길어지자 이백은 차츰 공부에 싫증이 나기 시작했고, 그러던 어느 날 마침내 하산을 결행한다. 스승에게 한마디 인사도 없이 도망치듯 산을 빠져나온 것이다. 하산길에 이백은 계곡에 쪼그리고 앉은 한 노인을 발견했다. 노인은 바위에 도끼를 갈고 있었다. 이백이 물었다. "노인장, 지금 뭘 하고 계시는 거요?" 노인은 뒤도 돌아

보지 않고 대답했다. "바늘을 만드는 중이오." 도끼를 갈아서 바늘을 만들다니, 기가 막힐 노릇이었다. 이백이 크게 웃으며 다시 물었다. "아니, 돌에 도끼를 갈아서 대체 어느 세월에 바늘을 만든단 말이오?" 그제야 노인은 고개를 들어 이백의 얼굴을 빤히 쳐다보며 말했다. "중도에 그만두지만 않는다면 언젠가는 바늘을 만들 수 있답니다." 그 한마디에 깨달음을 얻은 이백은 무릎을 꿇고 노인에게 큰절을 올렸고, 다시 산으로 돌아가 공부에 전념하게 되었다.

마부작침磨斧作針, 도끼를 갈아서 바늘을 만든다는 뜻이다. 아무리 힘들고 어려운 일이라도 끈기 있게 매달리면 반드시 이룰 수 있다는 의미로 쓰인다. 문제는 조급한 우리의 마음이다. 마음이 조급하면 실수를 하게 되고, 실수가 잦으면 지속할 힘마저 잃게 된다. 조급해하지 말자. 봄에 피는 꽃이 있으면 가을에 피는 꽃도 있는 법이다. 인생 밭에 가을꽃을 심어 놓고 봄부터 동동거릴 수는 없다. 가을꽃은 가을에 피어서 아름다운 것이다.

슬기로운 가을나기

바람이 불 때마다 초록이 물결치던 담쟁이넝쿨에 저녁놀이 곱게 내려앉는다. 가을이 깊어간다. 흔히들 '천고마비天高馬肥의 계절'이라 부르지만, 이 좋은 계절에 살찌는 것이 어디 말뿐이겠는가. 너른 들판에 곡식과 온갖 과일들이 햇살을 닮아 붉게 영글어가는 계절, 가을은 풍성해진 식탁만큼 식욕도 왕성해지는 계절이다. 이렇게 풍요로운 계절에 식욕을 억제하기란 결코 쉬운 일이 아니다. 운동량을 늘리면 좋겠지만, 시절이 시절인지라 요즘은 가까운 공원을 산책하는 일도 쉽지 않다. 마스크, 손 세정제 등 챙겨야 할 것도 많고 막연한 불안감이 매번 발목을 잡곤 한다. 마음을 다잡고 밖을 나서봐도 여기저기 걸린 '출입금지' 푯말과 '거리두기' 스티커들이 걸음을 가로막는다. 이런 상황에서 제철 과일, 제철 음식을 맘껏 즐기면서 건강도 유지할 수 있는 비법은 오직 하나뿐이다. 적게 먹는 것이다. 먹는 횟수를 늘리더라도 한 번에 먹는 양은 줄여야 한다.

불가의 선방 스님들 사이에 전해 내려오는 생활규범에 '두량頭凉, 족난足煖, 복팔분腹八分'이란 게 있다. '머리는 차갑게 하고, 발은 따뜻하게 하며, 배는 8할만 채우라.'는 뜻이다. 이 중에서 특히 '복팔분'을 잘 실천하면 몸의 순환이 좋아지고 배를 가득 채움으로써 생기는 모든 병을 미리 막아 건강하게 살 수 있다고 한다. '복팔분 습관을 지키면 의사가 필요 없다.'는 일본 속담도 있다. 나이가 들어갈수록 '복팔분'의 지혜가 필요하다. 소화 기능은 점점 떨어지는데 먹는 양이 줄지 않는다면 언젠가는 탈이 날 수밖에 없다.

'복팔분' 습관을 만들었다면 '계영배戒盈杯'로 슬기로운 음주를 즐겨보자. 계영배는 술잔의 70%가 넘도록 술을 따르면 잔 안의 술이 모두 밑으로 흘러내리도록 설계된 의기儀器로, 절주배節酒杯라고도 부른다. 이름 그대로 과음을 경계하기 위해 만든 술잔이다. 살아가는 동안 음식은 물론이고, 우리들의 끝없는 욕심을 경계해야 한다는 상징적인 의미가 담겨있다.

불가에 '복팔분'이 있고, 조선의 양반들에게 '계영배'가 있었다면, 민초들에게는 '까치밥'과 '고수레'라는 풍습이 있었다. '까치밥'은 잘 익은 감을 수확할 때, 까치 등 날짐승의 먹잇감으로 남겨놓은 몇 알의 감을 일컫는 말이다. 우리 선조들은 감 하나를 딸 때도 날짐승 등 주변에 살아 있는 생명을 생각하고 배려했다. '고수레'는 야외에서 농사일이나 성묘를 하면서 새참이나 제사음식을 먹기 전에 음식 한 조각을 떼어서 허공에 던지는 행위나 그 행위를 하면서 내지르는 의성어를 지칭한다. '까치밥'과 '고수레'에는 이웃은 물론이고 날짐승, 산짐승, 곤충과도 음식을 나누는 선조들의 나눔의식이 깃들어 있다. 나눔은 현재의 모든 것에 감사하는 마음이요, 살아 있는 모든 것을 인격체로 대하는 존중의 마음이기도 하다.

먹을거리 풍성하고 볼거리 그득한 가을이 깊어간다. 이 아름다운 계절을 '복팔분' 습관과 '계영배' 정신으로 건강하고 슬기롭게 보내 보자. '까치밥'과 '고수레'의 풍습에 담긴 감사와 나눔의 정신은 우리의 마음을 더욱 풍성하게 채워줄 것이다. 마음을 살찌우기 딱 좋은 계절, 가을이 깊어간다.

고향을 생각하며…

매스컴에서 추석 기차표예매 소식이 들려온다. 이번 추석 기차표예매도 작년처럼 전화와 온라인을 이용한 비대면 방식으로 진행되며, '사회적 거리두기' 규정 때문에 입석 표 판매를 전면 중단하고 창쪽 좌석 표만 판매한다고 한다. 해마다 좌석이 모자라서 입석 표를 최대로 발매하고 임시 열차까지 증편, 운행해도 표를 구하지 못해 발을 동동 구르던 사람들의 모습이 뉴스의 단골 메뉴였는데, 이번 추석에는 기차표 구하기가 하늘의 별 따기만큼이나 어려울 모양이다. 대신 운 좋게 표를 구한 귀성객은 넓고 쾌적한 환경을 만끽하겠지만 말이다.

자가용이 드물고 인터넷도 등장하지 않았던 시절, 명절이 다가오면 고향 방문을 준비하는 사람들은 제일 먼저 기차표를 구하기 위해 전쟁 아닌 전쟁을 치러야 했다. 그도 그럴 것이 기차로 4시간이면 도착할 거리를 버스를 이용하면 8시간이 걸리고, 비라도 내리면 10시간 넘게 차 안에 갇혀 있는 경우가 다반사였기 때문이다. 그래서 예매일 하루 전부터 월차를 쓰거나 조퇴를 하고 용산역 광장이나 서울역 광장으로 앞다퉈 몰려가는 진풍경이 펼쳐지곤 했다. 광장에서 밤을 지새우고, 12시간 이상 줄을 서도 표를 구한다는 보장이 없었기에 남들보다 조금이라도 일찍 가서 자리를 잡아야 했다. 그것도 혼자서는 힘들어서 가족이나 동향 친구들과 연락을 취해서 두 명 이상이 팀을 이뤄서 움직였다. 줄을 유지한 채 끼니를 때워야 했고 생리적인 현상도 해결해야 했기에 혼자서는 도저히 감당할 수 없는 일이었다. 광장에는 미리 준비한 돗자리나 종이 상자를 펼치고 삼삼오오 둘러앉아서 화투를 치는 사람들도 있었고, 도시락을 까먹거나 술판을 벌이는 사람들도 보였다. 준비성이 철저한 사람들은 캠핑용 조리기구까지 가져와서 라면을 끓이거나 삼겹살 파티를 벌이는 모습도 볼 수 있었다. 해가 떨어지고 밤이 깊어가면 사람들은 하나둘씩 두꺼운 겨울옷을 껴입거나 군용 담요를 뒤집어쓰기 시작했다. 침낭이나 솜이불까지 준비해온 사람도 눈에 띄었다. 초가을이었지만 광장의

밤은 길고 바람은 오들오들 떨 만큼 추웠다. 그래도 광장에서는 밤새 이야기꽃이 피고 웃음소리가 끊이지 않았다.

긴 기다림의 시간과는 달리, 아침 9시부터 시작된 기차표예매는 채 2시간도 지나지 않아서 끝이 나곤 했다. 여기저기서 환호성이 터져 나오기도 하고 깊은 한숨 소리와 탄식이 들리기도 했다. 매표소 코앞에서 매진 통보를 받은 사람들은 역무원들을 향해 고함을 지르기도 했지만 결국 터덜터덜 발길을 돌릴 수밖에 없었다. 정오가 되기 전 그 많던 사람들은 썰물처럼 빠져나가고 광장은 다시 텅 비었다. 고향이 대체 무엇이기에, 그 시절 그 많은 사람들은 한 데서 밤을 지새우면서도 힘든 줄 몰라 했을까?

세월이 흐르고 나이를 먹어가면서 고향도 바뀌는 것 같다. 부모님이 계실 때는 자신이 나고 자란 곳, 부모님이 사는 곳이 고향이지만, 부모님이 돌아가신 뒤에는 지금 내가 사는 곳, 가족과 함께 새로운 추억을 공유할 수 있는 곳이 또 다른 고향이 되어 간다.

고향, 언제 들어도 따뜻하고 편안함을 안겨주는 말이다. 어쩌면 인생이란 것도 나를 찾아 떠난 긴 방황을 끝내고 다시 내 마음속 고향으로 돌아가는 여정이 아닐까!

12월, 잠시 멈춰도 좋은 시간

'벌써 12월인가?' 했는데, 한 장 남은 달력의 숫자도 어느덧 중반을 넘어서고 있다. 해마다 이맘때면 '세월, 참 빠르다'는 걸 절감하게 된다. 오죽하면 '세월의 속도는 나이에 비례한다.'는 말까지 생겼을까. 나이를 먹을수록 세월의 속도가 빠르게 느껴지는 건 어쩌면 당연한 일일 게다. 나이를 먹는다는 건 내 몸의 속도와 마음의 속도가 느려지는 걸 인지하고 받아들여야 한다는 의미이기도 하기 때문이다. 세상 돌아가는 속도는 변함이 없는데 내 몸과 마음의 속도가 느려지면 상대적으로 세상의 속도가 빠르게 느껴질 수밖에 없다. 세월의 속도가 빨라지는 것이 아니라 내 몸의 속도, 내 마음의 속도가 점점 느려진 것이다.

느려지는 것이 꼭 나쁜 것만은 아니다. 빠르게 달릴 때는 보지 못했던 것들이 하나둘 눈에 들어오기 시작한다. 길섶에 핀 이름 모를 풀과 꽃들이 눈에 들어오고 손가락 사이를 간질이며 빠져나가는 바람도 새삼스럽게 느끼게 된다. 발길 닿는 곳, 눈길 머무는 곳마다 숨어 있던 작고 아름다운 것들이 툭툭 튀어나온다. 굳이 빨라지는 세월의 속도를 따라잡으려고 애쓸 필요도 없다. 그것은 온전히 내 인생의 속도라고 할 수 없다. 모름지기 세상은 나를 중심으로 돌아가야 하고, 나는 나만의 속도와 시선으로 세상을 바라보면 되는 것이다.

한 탐험가가 아마존의 정글을 통과하기 위해서 인디언 두 명을 고용했다. 가이드 겸 짐꾼으로 쓰기 위해서였다. 인디언들은 능숙하게 밀림을 헤쳐나갔다. 그들 덕분에 탐험을 시작한 지 3일 만에 정글의 끝이 보이기 시작했다. 이제 반나절만 더 가면 목적지에 다다를 수 있는 위치였다. 그런데 갑자기 인디언들이 발걸음을 멈추고 털썩 자리를 깔고 앉았다. 탐험가에게는 한 마디 양해도 구하지 않았다. 당황한 탐험가가 해 떨어지기 전에 어서 가자고 재촉을 했지만, 그들은 들은 척도 하지 않고 지나온 길만 멍하니 바라보았다. 탐험가는 그들이 웃돈을 요구하는 것이라고 여기고 돈은 얼마든지 더 주겠다고 했지만, 그들은 꼼짝하지 않았다. 답답해진 탐험가가 인디언들에게 물었다. "대체 왜 여기서 주저앉은 거요? 이유가 뭐요?" 그러자 한 인디언이 대답했다. "우리는 지난 3일 동안 쉬지 않고 걸어왔습니다. 그 바람에 우리의 영혼과 너무 멀어져 버렸습니다. 뒤처진 영혼이 우리를 따라붙을 수 있게 여기서 하루 정도 기다려야 합니다." 그 말에 탐험가도 털썩 주저앉고 말았다.

인디언들은 1년 12달에도 특별한 이름을 붙여서 불렀는데, 12월은 '침묵하는 달' 또는 '무소유의 달'이라고 불렀다. 그래서일까, 한 해의 마지막 달인 12월은 왠지 모르게 우리를 숙연하게 만든다. 12월은 생각이 많아지고 말이 줄어드는 사색과 침묵의 시간이며, 잠시 걸음을 멈추고 자신을 돌아보게 만드는 시간이다. 앞만 보고 달려온 지난 열한 달을 돌아보고 잠시 숨을 고르는 시간이다.

속도에 몰입하다 보면 자칫 방향을 놓치기 쉽기 때문이다. 방향을 놓친 질주는 브레이크 없는 폭주 기관차와 같다. 폭주 기관차의 말로는 불을 보듯 뻔하다. 그런 의미에서 12월은 브레이크 역할을 하는 달이라 할 수 있다.

지금은 잠시 멈추고 고요히 자신을 들여다볼 시간이다.

매일 아침,
기적을 만나는 사람들

어린 시절, 산 중턱에 걸린 안개를 잡아 보겠다고 동네 친구들과 뒷산을 오른 적이 있다. 전날 내린 비로 산은 더욱 선명한 초록으로 반짝이고, 그 위에 걸쳐진 솜사탕처럼 하얀 안개는 손을 내밀어 도움닫기를 하면 한 움큼 손에 잡힐 것만 같았다. 하지만 안개는 쉽게 거리를 내주지 않았다. 질퍽거리는 산길을 한 시간이나 걸어 올라갔지만, 술래잡기라도 하듯 한발 다가서면 한발 물러서곤 했다. 그 사이 우리들의 옷은 이슬 맞은 것처럼 흠뻑 젖었고, 구름 사이로 해가 얼굴을 내밀면서 안개도 서서히 그 빛을 잃어갔다. 실패였다. 바위에 걸터앉아 젖은 옷을 말리면서 우리는 그럴싸한 변명거리를 찾아 공유했다. '안개는 잡히지도 않지만 잡아서도 안 되는 숲의 정령일 것이라고….' 그리고 터벅터벅

산길을 내려왔다.

얼마 전 TV에서 거대한 그물을 이용해서 안개를 잡는 사람들을 보았다. 사막에 세워진 도시, 페루 리마의 달동네 엘 트레볼 사람들이었다. 그곳은 2만여 명이 모여 사는 무허가 빈민촌으로, 상수도 시설은커녕 변변한 우물 하나도 없었다. 대신 그 동네 언덕에는 철조망처럼 길게 세워진 시설물이 있었다. 그것은 동네 사람들의 거의 유일한 상수원이 되어주고 있는 안개 잡는 그물, '포그캐처Fog Catcher'였다. 물 한 방울도 금처럼 귀하게 여기는 이곳 사람들은 안개 그물을 '기적'이라는 이름으로 불렀다. 그들은 매일 아침 기적을 영접하러 집을 나선다.

안개 그물로 물을 얻어내는 방식은 의외로 단순하다. 두 개의 나무 기둥을 세우고, 그 사이에 너비 12미터, 높이 4미터의 폴리프로필렌으로 만든 커다란 망사를 펼쳐놓은 방식으로, 그물 밑에는 긴 물받이 통이 달려있다. 안개의 작은 입자가 망사에 달라붙어 응축되고 합쳐져서 물방울을 이루고, 그 물방울이 흘러내려 물통에 모이는 구조다. 40㎡의 그물 하나를 설치하면 하루에 200리터의 물을 모을 수 있는데, 그 정도 양이면 60명 분의 요리가 가능하다고 한다.

세계보건기구의 발표에 따르면 우리가 기본적인 생활과 최소의 건강을 유지하기 위해서는 1인당 하루에 50~100리터의 물이 필요하다고 한다. 그런데 우리나라 환경부의 통계를 보면 지난 2016년 말 기준 우리 국민 1인당 1일 물 사용량은 287리터에 달한다. 인류의 절반 정도가 하루 평균 94리터 정도의 물로 살아가고 있다는데, 우리는 소중한 물을 정말 물 쓰듯 펑펑 쓰고 있다는 말이다. 지금 현재도 전 세계 인구의 30%가 극심한 물 부족으로 고통받고 있는데도 말이다.

우리는 종종 공기나 물처럼 흔하게 접하지만 살아가는데 없어서는 안 되는 것들의 소중한 가치를 잊고 산다. 하지만 자연이 준 선물의 가치가 훼손되면 머지않아 감당하기 어려운 재앙이 닥친다는 사실을 기억해야 한다. 매일 아침 기적을 영접하는 페루의 달동네 엘 트레볼 사람들처럼 하루하루 감사의 마음으로 살아가야 한다.

인생 거울

당신이 가진 최상의 것을 세상에 내놓으세요.
그러면 최상의 것이 당신에게 돌아올지니.

사랑을 주세요. 그러면 당신 삶에 사랑이 넘쳐흐르고
당신이 심히 곤궁할 때 힘이 될 것이니.
믿음을 가지세요. 그러면 수많은 사람들이
당신의 말과 행동에 믿음을 보일 것이니.

왕이든 걸인이든 삶은 다만 하나의 거울,
우리의 존재와 행동을 그대로 비춰줄 뿐임을.

당신이 가진 최상의 것을 세상에 내놓으세요.
그러면 최상의 것이 당신에게 돌아올지니.

-매를린 브리지스

아침 공감

글쓴이 곽동언
펴낸이 우지형

인쇄 하정문화사
제본 영글문화사
후가공 (주)금성엘엔에스
디자인 redkoplus

펴낸곳 나무한그루
주소 서울시 마포구 독막로10, 성지빌딩 713호
전화 (02)333-9028 팩스 (02)333-9038
이메일 namuhanguru@empas.com
출판등록 제313-2004-000156호

ISBN 979-89-91824-66-9 02810
값 4,000원